건널 수 없는 강

미래시선 114

건널 수 없는 강

정종득

미래문화사

시인의 삶

세월은 흐르는 물과 같고 시위를 떠난 화살같이 빠르다고 한 이야기가 실감난다.

일제 말기에 태어나 해방과 6·25 전쟁을 겪으면서 가지각색의 투쟁의 소용돌이 속에서 4·19의 주역, 5·16의 고난 등 수없이 반복되는 투쟁과 운동이라는 것에 피할 길 없이 끌려다니다 보니, 욕심 많은 자들의 제사상 북어같이 두들겨 맞기도 하고 내쫓기기도 했다.

그렇게 살아온 것이 엊그제 같은데 어느덧 육십을 넘겼다. 지나온 날들을 되돌아보면서 나는 누구이고 또 무엇을 했는지 반성해 본다.

어느 교육원에서 대형 거울에 '너는 조국과 민족을 위하여 무엇을 했느냐?' 하고 써 놓은 글을 보았는데, 거기서 나는 과연 무엇을 했다고 자신있게 대답할 수 있을까? 좀처럼 생각이 나지 않아 대답을 몇 년 뒤로 미루어 놓은 것이 지금도 못다한 숙제(과제물) 같아 마음 한 구석에 남는다.

옛날 어른들은 '사람은 낳아서부터 죽는 날까지 빚을 갚는 것'이라 하셨다. 이 말씀이 나에게도 절실히 느껴지기에, 빚 갚기에 최선을 다하였던 것이고 앞으로도 빚 갚는 데 노력할 것이다. 부모에게 진 빚은 자식에게 갚고 사회에 진 빚은 사회봉사로 갚고 조국에 진 빚은 후진을 올바르게 가르치고 양성하여 조국의 힘있는 주인으로 만들어 놓는 것이 내가 갚아

야 할 빚이기에 지금도 교육자의 길을 가고 있다.

무엇보다 항상 사회에 고마운 것은 빚을 갚을 기회를 주고 서 있을 자리를 만들어 준다는 것이다.

네 번째 만들어지는 이번 시집은 200여 편의 시 중에서 엄선하여 만들어지는 것이며, 시라기보다는 그때그때 행동으로 못하고 말로 못하는 속앓이와 즐거웠던 한때를 실은 것이다.

특히 이번 시집은 회갑이 된 나이에 만들어지게 되어 감회가 새롭다. 반면 젊은 문학도들과 그 외 창작을 하는 분들에게는 송구스러울 따름이다.

천박비재한 사람이 난필을 하여 누가 되지 않을까 두려움이 앞선다. 초판 발행 때보다 거듭될수록 어렵고 두려운 것은 나만이 아닐 것이라 생각되지만, 그저 부끄럽기만 하다.

독자 여러분들의 따뜻한 충고와 격려를 바랄 뿐이다. 또한 지금까지 이 사람의 시에 보약과 같고 칼날과 같은 평을 해 주신 분들께도 감사를 드린다.

辛巳年(陰) 5월 마지막날
집무실에서
정종득

차례

1

녹슨 철조망에
오십 년의 한을 걸고
빗물같이 흐르는 눈물을 머금고
목청이 터져라 노래를 부른다.

고향의 노래

안 개

새벽 호숫가에
피어오른 안개를
태양은
삼켜 버린다.

그 속에
쌓여진 것들을
남김없이
삼켜 버린다.

그리고
온유한 사랑을
한껏 펼쳐 놓는다.

미로아迷路兒

이 사람은
내 사람
항상 내 곁에
머물고 있다.

그리고
같이 숨쉬고
먹고 자고 한다.
그러다가
깊은 밤
잠들면
만날 사람도 없는
옛날 그 자리를 찾아
떠난다.

안개 속에
미로아처럼

시골 처녀

댕기 들여
곱게 땋은 머리
길게 늘어뜨리고
머리 위에
또아리 받쳐
물동이를 이고
엉덩이를
비쓱비쓱 돌린
총총걸음을
걷는다.

해방된 듯이
바깥 바람
흠뻑 받으며
분 향기 풍기고
나 좋아라
걷는다.

나는 누구냐고요

나는 누구냐고요
나는 나입니다.
언제이고 나는 나입니다.
나서부터
죽는 날까지
나는 나로
끝날 뿐이지
당신들이
될 수가 없답니다.

나는 누구냐고요
나는
나일 뿐입니다.
나를 떠난
나는
존재할 수가 없답니다.
다만
당신들이
있기에
나는 갈 길을
갈 뿐입니다.

고향의 노래

녹슨
철조망에
오십 년의 한을 걸고
빗물같이 흐르는
눈물을 머금고
목청이 터져라
노래를 부른다.

두고 온 산하에
메아리치도록
노래를 부른다.
그때 그 시절
고향의 노래를
부른다.

가렵니다

그래도
나는 가렵니다.
바람이 불어와도
나는
가렵니다.

고향에를
가는 길이기에
멀고 험하다 하더라도
임들이 기다리기에
나는
가렵니다.
가다가 지쳐서 쓰러져도
나는 일어나서
가렵니다.

못 간다 해도
가는 데까지
나는 가렵니다.

따로 따로

너도 따로
나도 따로
가고
자식도 따로
부모도 따로
욕심만 부리고
하나될 줄 모르며
따로 따로
가다가
천길 같은
절벽으로
떨어진 뒤
후회한들
돌이킬 수 없는
죄만 남기고
가는구나.

내 인생 네 인생

내 인생은
네가 살고
네 인생은
내가 살자고
두 인생이
하나 되었는데

살다가 보니
내 인생은
내 인생이고
네 인생은
네 인생이라
가는 인생이
하나 못 되는구나.

기다림

기다린다.
기다려
떠나간 그 사람을
약속은 없었지만
기다린다.

외로움이
모두 내 것인 양
초라한 모습으로
쓸쓸하게

그래도
기다림이 있다는 것에
나는
행복하고
기다릴 사람이
있다는 것에
꿈이 있다.
기다림의 시간이
길다고 해도
만나면 반가울 그날을
기다린다.

승 무

고요함이 여기 있었던가
엄숙함이 여기 있었던가
인고忍苦의 무거운
짐을 벗으려고
훨훨 춤을 춘다.

한을 토해내는
길고 긴 가락에
고깔을 눌러쓰고
저 높은 하늘로 비상하려는 듯
장삼 도포를
휘날리며
노울너울 춤을 춘다.

사대부중의 괴로움을
한몸에 안고
쉴 줄 모르고
너울너울
춤을 춘다.

소망의 탑

산사山寺의 계곡
가을이 깊어 가면
낙엽은 떨어져
바람에 날리는데
하얀 서릿발 머리에
허리 굽은 중생이
가는 길 멈추고
큰 돌 작은 돌 줘다가
탑을 쌓아 올린다.

쌓다가 무너지면
또 쌓아 올린다.
떨리는 손으로
지나온 세월을
한 층 한 층 쌓는다.

얼마인지 모르게
남은 세월을
추하지 말고
곱디곱게 지나기를
소원을 빌면서

탑을 쌓아 올린다.

젊은 청춘들은
사랑을 위하고
자식을 위하고
자식은 부모를 위하며
부모는 자식을 위하는
탑을 쌓아 올린다.

꿈

깊은 가을 밤
창가에 비친
달빛이
쓸쓸히 기울어지면

외로운 잠자리에서
꿈을 꾼다.
눈 뜨면 안 보이는
그 사람을
아쉬워하기
이 밤도
혹시나 하는 미련 속에
깊은 잠 속에
꿈을 꾼다.

밤 바닷가에

어두운 바닷가에
혼자 서서
수평선 너머를
바라보면
뱃고동 소리도 멈추고
갈매기도
잠들어 고요한데
철석철석
파도 소리만 들린다.
모두가 잠든 이 밤에
달빛만이
쓸쓸하게
파도 속에 파고든다.

쏟아지는 별빛 아래
모래밭을 터벅터벅 걸으면
밀려오는 파도 바람에
온몸을 묻어 버린다.

그대 옆에서

그대 옆에 있을 때엔
항상 즐거웠고
그대 옆에 있을 때엔
언제나 두려움이 없었다.

보이는 것은
아름다운 사랑이었고
모두가 희망이었는데
그대 떠난 뒤엔
고독하고
쓸쓸하며
외로움에 시달리는
깊고 깊은 늪에서
헤어나질 못하네.

마지막 잎새

수많은 잎들은
청춘을 즐기고
아름다움을 자랑하다
낙엽이 되어 떨어져
갈 길을 갔는데
지다 말고 남은
마지막 잎새 하나
아쉬움을 남기고
부는 바람에
소리를 낸다.
갈 곳이 어데인지
외롭게 남아서
생각한다.

어데로 가야 할는지.

문을 열어

하늘이 문을 닫았다.
땅도 문을 닫았다.
그리고
우리 모두 문을 닫았다.
그러나
이제는 문을 열 때가 왔다.
하늘도
땅도
사람도
보이는 눈에 문을 열고
보이지 않는
마음의 문을 열 때가 왔다.

우리 땅, 흙

아버지 살갗 같은
이 땅
어머니 품안 같은
흙 속에
우리는 싹이 터서
뿌리를 내렸다네
그리고
기나긴 세월을 살아왔다네
눈비가 내려도
태풍이 불어와
쓰러져도
이 땅
이 흙엔
쉼없이 숨을 쉰다.
아버지, 어머니 혼이 깃들어
숨을 쉬고 있네
그렇기에
우리는 지키고 살리라
이 땅, 이 흙 속에서 영원히

찾아왔건만

못 견디게 그리워서
찾아왔건만
그 사람은 보이질 않고
외로운 가로등 불빛만이
임자 없는 벤치를
싸늘하게 비춰 주는데
텅 빈 이 가슴을 달랠 길 없이
허공만 바라보네.

못 견디게 보고파서
찾아왔건만
그 사람은 오지를 않고
떨어지는 낙엽만이
바람따라 쓸쓸히 날리는데
허무한 마음을
찾을 길 없이
긴 한숨만 짓네.

영혼 혼례

살아 있을 때는
이름도 모르고
성도 몰랐다
죽어서도
누구인지
모르는 사이였다

하나는
남자
그리고 여자

즐거워하고 슬퍼했던
많은 시간을 뒤로 하고
망인亡人이 되어서
한 많은 몽달귀신을 면해 보려고
영혼 혼례식을 올리는구나.
살아서 인연을 맺지 못하더니
죽어서 인연이 닿았나 보다.

만리장성

누가 자로 재어 보았기에
만리라고 하였을까.
장대함은
성이라기보다는
태산 준령 같고
끝없는 성을 만들어 낸
바위 하나하나에서는
민초들의 피 내음이
배어 있다.
절대 권력을 휘두르던
진시황이 가버린 지
이천삼백 년
수백만 민초들이
등골이 쌓이고 쌓여 능선골 이룬다.
그리고
능선을 달리던 말발굽 소리에서
민초들의 울부짖음이 들린다.
하루도 쉼없이 오르내리는
수많은 사람들은
피흘리며 죽어간
역사의 사실을

아는지 모르는지
성 위에서
아 –
감탄만 한다.

천안문 광장

한 즈믄 아홉은 여든아홉 해 열이튼 날
처음 찾은 천안문 광장
중화의 척박한 땅에 내렸던 민주화의
촉촉한 이슬비도
전차의 뜨거운 굉음 속에
타다 남은 메마른 땅
총칼의 두려움을
느꼈던 그날

새 즈믄 아홉 달
다시 찾은 천안문 광장
새로운 미래를 향한
대 중화의 용틀임
왠지 모를 불안함을
느꼈던 그날

새 즈믄 어느 해 어느 달
또다시 찾을 천안문 광장
그날에는
두려움도 불안함도
아닌
그 무엇을 느낄 수 있을까.

가을이 오네

쩔쩔 끓는 가마솥 더위도
찾아온 처서處暑 앞엔
우선 멈춤을 당하여
무릎을 꿇었나 보다.
길가에 피어난 코스모스는
차창 안으로 시원한 바람결에
눈웃음을 보낸다.
그리고
콩밭 두렁에 익어 가는 수수는
묵념하듯 고개를 숙였고
만지면 톡 터질 듯한
까만 포도는
하얀 분칠을 하고 나서
고운 손을 기다리는데
황금물결 치는 볏논엔
메뚜기가 여물어 날으면
귀여운 어린이는
유리병을 껴안고
해 지는 줄 모르고
논두렁을 맴도네

반반夫半

부夫의 반半은 부婦
부婦의 반半은 부夫
반반이 합쳐져
양수리 강물처럼
하나 되어
언제까지인지는 모르게
집이라는 자리에
짐 풀어 놓고
삶을 살다가
반쪽을 만들어 놓고
수없는 한숨 짓다가
반은 반대로
돌아가
반만 남아
외로움에 지쳐서
눈물짓는 것이
우리네의
삶인가 하네

하늘, 땅

하늘이 누구인데
바람
구름
눈, 비
뇌성벽력을 치면서

땅보고
거부하지 말고
막지도 말고
지쳐서 쓰러져도
모두 받으라 하는지
하늘이 못 되고
땅이 된 것이
원망스럽기만 하네

고맙습니다

항상 고맙습니다.
누가 고맙고
뭐가 고마우냐고요.
누구인 줄 모르고
뭔지도 모르지만
고맙습니다.

나에게 모든 것을
가르쳐 준 사람들이
그리고 왜 사느냐는 것을
알려준 이들과
더불어 살 수 있게
하여 준 것이
늘 고맙습니다.

항상 고맙습니다.
뭐가 고마우냐고요.
모든 이들이 고맙습니다.
이렇게나마
짜릿한 행복은 못 누려도
가끔은 즐거움을 알고
그런대로 저런대로 살게
해준 데 고맙습니다.

너는 나는

너는 누구이고
나는 누구인데
사각 링도 없는 데서
밀고 당기며
불꾸러미를 던지고
뿌연 연기를 피워
피눈물을 흘리고
콩볶듯 튀느냐

주연은 뒷짐 지고 서 있는데
엑스트라만이
무슨 원수가 되어
불꽃을 튀기다
쓰러져 가느냐

뒤돌아서서
훨훨 털고
마주 보면 남는 것은
얼룩진 자국만이 남는데

2

그날이 오면
나를 찾아온다고 그랬지
그런데 그날이 내일인가 모레인가 알 수 없어
애타게 기다리다 지쳐 버려
여기 서서 굳어 버렸나 보다.

그날이 오면

뒤돌아가네

너와 나 둘이 만나서
사랑을 나누던 그 자리는
어데로 가버리고
내 마음속에만 남아
잊지 못하고 그리워하다
나도 모르게
발길 닿는 대로
거리의 방랑자 되어
이정표 없는 거리를
헤매이다
가로등 불빛 따라
쓸쓸한 마음
달랠 길 없이 뒤돌아가네

길 · 1

와야 할 사람이 오는 것이 길이면
가야 할 사람이 가는 것도 길이다.
만나야 할 사람이 가는 것도
길이고 보면
태어남이 길인 것처럼
살아가는 것도 길이며
죽어가는 것도 길이다.
우주 공간에
삼라만상의 모두가
길에서 생겨나서
길로 가는 길이 끝이 없는 줄 알다가
피할 수 없는 길로 가나 보다.

길 · 2

길은 시작이 있다.
그러나
끝이 없다.
둥그런 원과 같이
끝이 없다.
끝이 없어도
누구든 그 길을 가야만 한다.
뒤돌아갈 수 없이
좋든 싫든
가야만 한다.
죽는 길이라도
피할 수 없이 간다.
누구나
가야 할 길이기에
가야만 한다.

북망산에 갔네

나 같이 놀던 다정한 친구
그처럼
큰 희망을 꿈꾸더니
날개를 펴보지도 못하고
어느 날 갑자기
살기가 싫었던지
울부짖는 이들의
잡는 손을 뿌리치고
불효를 알면서도
꽃상여도 못 타고
싸늘한 별빛 속에
멀고도 먼
북망산에 갔네

일장춘몽

양지바른 산자락에
좌청룡 우백호가
삼태기 같은 안에
웅장한 묘가 자리하고
거북 등 위에 용 머리 얹어 놓은
아홉 자 오석엔
골 깊은 글자를 새겼고
문, 무 석상이 건너다보는
연꽃 무늬 석등과
물동이 네 개를 받친
안마당만한 상돌은
아무래도 생전에
길 비켜라
대감 행차이시다
했을 텐데
그 영화의 소리는 들리질 않고
견공犬公들이 뛰고 놀다가
한 다리 슬그머니 들고
실례를 하는데도
어느 누가 말 한마디 없구나.

임진강 삼백리

임진강 삼백리 물길 위에
이름 모를 새들이
갈대숲을 넘나든다.
아무런 조심도 없이
이야기꽃을 피운다.
그러다가 해가 저물면
짝을 지어
저 건너편으로 간다.
밤이 지나면 다시 올까마는
푸른 강물에 그림자만 남겨 두고
보금자리를 찾아 떠나간다.

노을진 임진강변에
서풍이
불어오면
갈대들이 아무렇게나
춤을 춘다.
그리고
새들은
사랑을 속삭이며
즐겁게 노래한다.

그러다가
저 높은 곳으로
비상하여
점점을 남기고
노을 속으로 사라진 자리엔
고요만이 내려 강물을 덮는다.

영원한 만남

너와 나의 만남은
인연이 있었기에
여기
머물러 있나 보구나
너에게
나는 언제나
쉼없이 흐르는 냇물에
징검다리가 되어
너의
걸음 걸음마다
받쳐 주고

너는 나에게
언제나
포근한 어머님과 같은
정으로 감싸주고
어려움을 이겨내게
힘을 주었으니
너와 나는
둘이 아니고
하나일 뿐이기

너와 나는
헤어질 수 없는
영원한 만남인가 보다.

성황당길

성황당
가는 길은 구불구불
뭉틀붕틀한데
그 무엇이
괴롭고 아프기에
가던 길 멈추고
합장合掌하여
기도하는지
가버린 옛사람이 그리운지
잃어버린 사랑을 찾으려는지
살붙이의 소원을 이뤄 달라고
빌고 비는지
누구도
그 마음을 모를 것인데
떠날 줄 모르고
손바닥이
닳아지도록 빌고 비는구나.

그날이 오면

그날이 오면
나를
찾아온다고 그랬지

그날이 오면
나를 기쁘게 해준다
그랬지

그날이 오면
두 날개 쭉 펴고
나를 감싸준다고 그랬지
그리고
즐거운 노래 부르며
춤을 추자고 했지
그런데 그날이 내일인가 모레인가
알 수 없어
애타게 기다리다 지쳐 버려
여기 서서 굳어 버렸나 보다.

어머니의 마음

어머니는
좋든 싫든 모든 것을
가슴에 묻고 살다가 가셨다.

어머니는
태산보다
바다보다
할말이 많았는데
조그마한 가슴속에
깊이깊이 묻고 가셨다.
얼마나
답답하고
괴로움 속에서
한평생을 살아가셨던가.

많고 많은 이야기들을
무언의 숙제로
나에게
남기셨다.

나는 생각한다.

그리고
풀리지 않는 숙제를 풀어 본다.
그러나
수십 년을 풀어도 풀리지 않는다.
아무래도
자식에게 숙제를
남겨 주게 되나 보다.

외길로 가야 하는데

토끼란 놈이
까마귀 털을 가질 수 없고
백로가
다람쥐 털을 가질 수 없듯이

송충이는
솔잎을 먹고
갈충이는
갈잎을 먹어야 하는데
어느 날
등 떠밀려
나는
내가 가야 할 길을 가지 못하고
다른 길로 가다가

여기 주저앉고 말았네
벌떡 일어나려고 하는데
두 다리 오금이 펴지지 않고
짚고 있던 지팡이는
뚝걱 부러져 버리니
눈앞이 캄캄하네

어쩌다
여기 머물러
지나온 길을 뒤돌아보니
그 길이 아니었나 보다.

후 회

우주 공간에
모두 믿으려마는
못 믿을 것은
사람뿐인가 한다.

내가
나를 못 믿을 세상인데
모두 믿은 것이 후회스럽네

모두가
의리와 믿음을
하수구에 내던지고
그때는 그때이고
오늘은 오늘일 뿐이기
명예와 권력을 찾아
구름같이 철새같이
이리 우루루
저리 우루루 몰려 다니네

그러다가
먹히고 먹는

극대 극에서
맷돌에 갈려 버린
콩가루가 되어 버리네

삶과 길

어두웠던 현대사라고 하랴
아니면
격동기라고 하랴
이것을
관통하면서 살아왔구나
왜?
나는
그 시대의 주인이니까
살 수밖에 없었나 보다
불혹의 나이가 지난 이들은
누구나 그랬듯이
비바람이 휘몰아쳐
흙탕물이 쏟아져
내리는 냇가에
언제 부러질 줄 모르는
썩은 외나무 다리 위를
건너야만 했다.
그러다가
어느 누구는
바람에 날리어
물로 떨어져

실종도 되었다.
또,
어느 누구는
새로운 다리가 놓여지길 기다리고
깊은 계곡에 묻혀 버렸다.

그리고
새로운 세상이 오기를 바라고
찾다가
여기저기 부딪쳐
터지고 깨져서
삶을 포기하지 않으면
한을 남기고
바람에 구름 가듯
허무하게 사라져 버린
그 세월들이
추억이라기엔 너무나
아픔이 크고
과거라면
생각할 수 없이
괴로운 순간들이었다.

그러나
이제 먹구름이 걷히고
찬란한
햇살이 비쳐
내려오기에
환성을 울리고
하늘 높이 뛰어오르려고
하지만
가버린 세월
아니
그 시간을 되돌릴 수가 없이
오늘과 어제의
이정표 밑에서
저녁 노을에 젖어
긴 한숨만 짓는다.

두만강변에서

두만강변에
소슬 바람이 분다.
갈잎은 흔들리고
갈꽃이 흐드러지게 춤을 춘다.

파아란 하늘엔
뭉개 구름이
군데군데 떠서
저쪽으로 밀려간다.

갈대숲을 오고 가는
저 사람
마음은 강 건너에
보내 놓고
떠날 줄 모르고
손짓만 하는구나

탄 생

어제의 탄생이
오늘이 있게 하였고
오늘의 탄생이
내일이 있게 하였고
내일의 탄생이
미래를 낳게 하는 것이라면
모든 것이
탄생은 출발이고
조화로움 속에
신비로움의 결정인가 보다.
그러다가
즐거움과
괴로움
고난과
고통 속에서
벗어나려고
발버둥치다
사라져 간다
새로운 탄생을 위하여.

추 억

추억은
파란 물 속에
하얀 조약돌인가 보다
그곳을
내려다보면
언제나 아름답다
거기다
소슬 바람이
불어 주면 더욱 생각이 난다

추억은
상처받은 조개 속에
진주인가 보구나
깊게 묻어 주고 보면
멀리멀리 가버린
그날들이
영롱하게 떠오른다.
그러기에
추억을 끄집어내지 않는다
그리움이 사무치면
두 눈 지그시 감고

아주 깊은 그곳을
아무도 모르게
들여다본다.

싸늘한 눈물

분단의 아픔을
아는지 모르는지
임진강 물은
오늘도
유유히 흐른다
삼천리 반도의 허리는
무거운 철조망으로
겹겹이 묶여
오고 가지 못하고
일천만의 가슴에
얼어붙은 응어리는
녹을 길 없는데
아무것도 모르는
철새들만이
저렇게 자유로이
오고 가면서
길고 긴 울음 소리만
메아리로 남기는데
서릿발 같은
머리카락은
불어오는 바람에

엉크러져 날리며
골 패인 주름살에
뜨겁게 흐르던
눈물도,
싸늘하게
식어만 가는구나.

빛과 그림자

사랑의 빛은
희망의 빛이고
사랑의 빛은
아름다운 빛이며
사랑의 빛은
뜨거운 빛이었는데
어쩌다 이루지 못하고
물이 되어
얼어 버렸구나.
이렇게
따뜻한 봄날에
새잎이 돋아도
그 빛은 간데없이

그리움과 허무함이
슬픔과 괴로움이
추억의 그림자로만
남았네.

다시 오기엔

다시 오기엔
너무 먼데까지 왔구나
그래
혼자 쓸쓸하다.
같이 왔던
그 사람들은 모두 떠나고
황혼이 깃들어
마음은 조급하고
갈 길은 바쁜데
무거운 발길은
수천만 근이 되어
갈 수가 없구나.

봄의 부활

통곡 소리도 못해 보았다.
반항도 못해 봤다
밀려오는
눈 비 바람에 시달리다
피할 길 없이
대자연의 섭리에
모든 것을 맡기고
죽음 같은
깊은 잠 속에 빠져
덜덜 떨다가
땅 속 깊은 곳에서
지열地熱이 올라와
포근하고 따뜻한
햇볕에 실눈을 뜬다
그리고 긴 한숨 내쉬며
기지개를 켜고 나면
너 나
할 것 없이
새 생명을 탄생하는
부활을 한다.
그리고

드높은 하늘을
우러러보면서
새 생명 축제의
대합창을 하며
춤을 춘다.

호숫가에서

고요한
호숫가에 누워
간지러운 햇살에
노곤한 몸을 맡기고
무거운 눈을 스르르
감으면
어느덧
단꿈을 꾼다.
희미하지만
어렴풋이 떠오르는
추억 속에 빠져
울고 웃어 본다.

얼마나 지났나
으스스한 바람결에
눈을 떠보면
물새떼들은
저물어 가는
햇살을 가르며
비상을 한다.
잔잔한 호수에

주름살 같은 여울을 남기고
맴돌다
노을 속으로
멀리멀리
사라져 간다.

창살 없는 감옥

온 세상이
감옥인가 보다
창살이 없는데도
감옥이다.
가는 길 막고
잡는 간수도 없는데
눈에 보이는 것은
모두 감옥이다.
여기 서 있는 자리도
한 발 한 발 뒤로 떠밀린다.

땅을 딛고 서 있는데도
하늘을 못 보고
비가 온다고 하는지
마른 하늘에 뇌성 벽력이 친다.

마도로스

나침반 하나에 운명을 걸고
멀고 먼 수평선 위를
낮에는 갈매기를 벗삼고
밤이면 별빛을 쳐다보며
떠는 마도로스
뱃고동 소리 울 때마다
두고 온 첫사랑을 못 잊어
그리워하다 잠드네

밀려오는 파도가
뱃머리에 부딪치면
잠자던 마도로스
꿈속에서 깨어나
가도 가도 끝없는 수평선엔
등대 불빛만이 가물거리는데
반겨 줄 그 사람은
고향에서 울고 있네

다시 가기엔

다시 가기엔
너무도 멀다
같이 와 놀아 주던
그 사람들은
자취없이 떠나 버리고
그 자리에
이렇게 홀로 남아
외로움에 지쳐
울다 잠든다.
그리고
꿈을 꾼다.
다시 가야 할 길을
기러기 등을 타고
춤을 추며
훨훨 날아가 본다.

바라본다

한 사람만을
항상 바라보고
있었기
마음은 언제나
즐거웠다.

사랑을
하든
말든
나는 바라볼 수 있는 것
만으로
행복했다.

하나를 볼 수 있으면
되었지
둘은 볼 필요가 없었다
오직 그 한 사람만을
위하여 살아간다면
행복하다.

단 한 번의 화려한 외출을 위하여 3
기나긴 세월을 참고 기다렸다가
살며시 얼굴 내밀어
세상 구경을 한다.

화려한 외출

칠갑산에서

칠팔월의 푸르름은
칠갑산 산 허리를
휘감았다.

골짜기마다
흐르는 물은
바위마다 부딪쳐
하얀 거품을 토해내면
그 소리는
메아리가 되어
산골짜기를 울려 퍼진다.

그리고 더위에 지친
산사람들의
발걸음을 멈추게 하고
등줄에 흐르는 땀을 식혀 주면
가는 길 바쁜
발걸음을 재촉한다.

그 욕망이

세상에
많고도 많은 사람들 중
한 사람으로 남으려는
그 욕망이
그 무엇을 남기려고

시들지 않는 나뭇잎같이
저물지 않는 태양과 같이
부귀와 영화를 누리다 보면
어느 날
먹구름 속에서
장대 같은 비가 쏟아진다.
천둥 번개가 이 대지를 뒤흔든다.
심장에 뜨거운 피가 이 땅에 뿌려진다.

그런데도
한치 앞을 못 보고
내달린다.
뒤돌아보지도 않으며
내달리다
멈춰지면

비포장 자갈 위를
돌고 도는
마차 바퀴에 깔려 숨을 죽인다.

그리고 두 눈 꼭 감고
별이 빛나는
밤을 그리워한다.

고향이 어데냐고요

고향이 어데냐고요?
내 고향은
고양高陽이로소이다.
수십, 수백 년을
어르신들 모시면서
황소 몰아
논 밭 갈고
씨 뿌려 가꾸면서
뽀얗게 타오르는
솔 내음 맡으며
자손 대대로
오순도순 살아왔다네

고향이 어데냐고요?
내 고향이 고양이로소이다.
안개 자욱한
새벽 들녘에 나가
힘드는 줄 모르고 일하다가
해 저물어 노을이 들면
지게 작대기 장단에 맞춰
풍년가를 부르며 황소 몰고 걷다 보면

어머니 정성이 듬뿍 담겨진
저녁 밥상이 기다려지는
집에 들면
하루 피로를 풀며
즐거운 이야기꽃을 피우면서
살아왔다네

고향이 어데냐고요?
내 고향은 고양이로소이다.
아버지의 아버지가
어머니의 어머니가
자자손손
모두 하나 되어
형제 되고 사돈 되어
네 것 내 것 없이
살아왔다네

그러다
어느 날
생각지도 못할 일이
인위적으로 생겨나

뿔뿔이 헤어져
낯설고 물 서러운 곳에서
나는 나대로 너는 너대로
살아가지만
내 고향은
언제나
고양이로소이다.
그 뿌리가
여기 있기에
지구를 돌고 돌아도
시발역과 종착역은
고양이로소이다.

잃어버린 향취

노오란
박가지를 엎어 놓은 듯
아담한
초가지붕을 보면
언제나
그곳에서만 느끼는
향취가 풍겨났다.

또
곱게 빗어 땋아내린
아가씨 머릿결 같은
울타리는
보면 볼수록 포근한 맛을 느꼈다.

여름이면 봉숭아 백일홍 과꽃과 더불어
이름 모를 꽃들이
아침 이슬에
웃음 활짝 머금고
날마다 피고 지면
평화로움을 주었다.

그뿐이랴.
우리네 식구들에게
항상 입맛을 돋우어 주는
장독대엔
크고 작은 오지 그릇은
밝은 달빛에 반사되어
들창문에 새어 나오는
희미한
등잔 불빛과
조화를 이루었다.

콩기름에 노랗게 절은
따끈따끈한 장판지 위에
누우면 동지섣달 긴긴 밤도
짧기만 하고
제아무리 춥다는 소한 대한도 몰랐다.

한여름이면
육간 대청마루 위에
왕골 돗자리 깔고
큰 대大자字로 누워

한숨 자노라면
삼복 더위도
시원하기만 했는데

지금은
그때 그 향취를
찾을 길 없고
문패 하나 못 다는
벌집 같은 집들이
하늘이 무너짐을 막으려는 듯
떠받치고 있으니
비온 뒤
대나무 밭 속에
홀로 앉아
밤하늘에
별빛만 찾는 것만 같으네.

작은 새

나는
작은 새
날마다
날마다
혼자 울고 웃다 잠든다.
나는
나는 작은 새
훨훨 날아
저

하늘 끝까지
이 땅이 닿는 곳까지
날아간다.

나는
나는 작은 새
날다가 힘들면
냇가에서 쉬어 가고
가다 가다 힘들면
탱자나무 숲에서
쉬어 간다.

날개가 부러지려 해도
부리가 빠지려 해도
목숨이 다하는 날까지
작은 새는 날아가련다.

편 지

빨간 핏덩이가
고동을 울리더니
노란 싹이 돋아나
이제
푸르른 시간을
공간 속에 채우려고
줄달음치고 있구나

그 동안
무거운 짐을 지고
돌부리에 채이고
가시덤불 고개를
수없이 넘고 넘었구나.

그러나 홀로서기는 아직도
시간이 더 필요하구나
굳은 땅에 뿌리를 깊게 박고
폭풍우가 몰아치고
땅이 타들어가는
고통이
밀물같이 밀려온다 해도

바위틈에서
저 높은 곳을 향하여
굳굳하게
푸르름을 토해내는
소나무같이
살아주려무나.

언 제

떠오르는
태양을 바라보고
꿈을 펼쳐 보던 그날이
있었는데
언제 지나갔네

태양을 가슴에
가득 안고
앞으로만
달려갔는데
언제 멈춰 버리고

지금은 태양을 등에 지고
떠밀려
설 자리 없이
쓸쓸하게
노을진
강가를 홀로 걷네

그대 있을 때

그대 내 곁에 있을 때는
두려움도 외로움도 모르고
행복만이 가득했다.

그대 내 곁에 있을 때는
아름다운 감미로움이
철철 넘쳐흘렀다.

그대 내 곁에 있을 때는
아쉬움을 모르는
꿈과 희망만이 있었다.

그대 내 곁에 있을 때는
사랑에 정열이
가슴 가득했는데

그대 없으니
소낙비 맞은
모닥불이 되었고

그대 없으니

밤새껏 휘몰아치는
비바람에
둥지 잃은
외로운
멧새가 되었네

가려거든

가려거든
그대로 가지
어찌 정 주고
울리고 가나

가려거든
소리 없이나 가지
미련을 두고
아쉬움을 남기고 가나

가려거든
그대로 가지
가슴 깊은 곳에
상처만 남기고 가나

가려거든
올 때같이 그대로 가지
이 마음속 깊은 곳에
자리만 남겨놓고
갈 것이 뭐라던가

여자이기 때문에

여자이기 때문에
여자이기 때문에
언제나 할말 못하고
눈치만 보면서
마음으로 울다가
눈가에 잔이슬이 맺히면
돌아서서 한숨 지으며 운다네

여자이기 때문에
여자이기 때문에
이렇게
고달프고 괴로워도
눈짓도 못하면서
가슴으로 울다가
돌아서서 눈물짓네

막 차

머나먼 천리길을
시계의 초침따라
떨꺽떨꺽 어둠을 가르며
막차는 달린다.
누가 누구인지도
모르는 사람끼리
막차에 몸을 실어
같이 숨쉬고
같이 흔들리면서
눈만 껌벅이고
할말은 많겠지만
입 다물고 있는데
막차는
아랑곳없이
숨가쁘게 달린다
저 먼곳으로 달려가네

날아간 파랑새

언제나
창가에서
사랑을 노래하고
놀아 주던 파랑새였는데
오늘
소리없이 멀리 날아갔네

언제나
허전한 내 가슴에
정을 듬뿍 담아 주고
즐거워했는데
파랑새는
자취없이 날아갔네

언제나
파랑새는 내 곁에서
기쁨을 주었는데
그 무엇이 아쉬워서
한마디 말도 없이
날아가 버렸네

언제나
파랑새는
내 마음속에
감미로움을 주었는데
파랑새는 어느 날
기약없는 길로
홀연히 날아갔네

인생 종점

오늘은
늦가을 오후
하늘은 찌푸려
을씨년스럽기만 한데
지다 말고 남은 나뭇잎
물을 먹고
힘없이 뚝뚝 떨어지는 것을 바라보니
허전하기만 하다.
피할 수 없는
인생의 종점을 가는 듯하네

무상 無常

겨울의 길목에 서서
저물어 가는 태양을 바라본다.
앙상한 나뭇가지에
해가
달같이 걸려 있다가
눈 껌벅할 사이에
고요한 적막으로 빠진다.
그리고
풀벌레 소리도
멈춰 버린
낙엽 위를 걷노라면
영원이란 것이
없음이
여기인가 하다가
어느덧
나는 떨어지는
낙엽이 되어
무상함을 느끼네

언제나

사랑하는 ○아
너는
내 곁을 떠나도
나는
언제나
네 곁에 이렇게 있다.

네가 뜨거운 가슴에
꽃을 피워
진한 향기를 풍기면
깊은 밤
나는 네 곁으로 찾아간다.
그리고
춤을 춘다.
너와 나 하나 되어
두리둥실 춤을 춘다.

생자生者의 몫

여기
모든 것은
존재하면서
슬픔과 고통을 안고 살아간다.
그러다가
존재하는 자리에서
사라지면
모든
슬픔과 고통도 사라진다.
어쨌거나
슬픔과 고통은
이렇게
살아남은
우리 모두의 몫이니
피할 길이 있겠는가

달 그림자

가랑잎이
휘날리는
깊은 계곡에
청아淸雅하게
울어 주던
풀벌레 소리는
멈추고
고요만이 가득한데
나뭇가지에 걸린
싸늘한
달 그림자는
나그네 가는 길을
재촉하네

그놈의 정이 뭐길래

그놈의 정이 뭐길래
꼴보기 싫어
눈을 감았다가도
눈 뜨면
정이 흐르고

그놈의 정이 뭐길래
있을 때는 남 보듯 하다가
안 보이면
찾아 헤매는 것인지
알다가도 모른다.

그놈의 정이 뭐길래
등 돌려 자다가도
잠 못 이루고
깊은 한숨 쉬는지

그놈의 정이 뭐길래
잡으면 따뜻하고
포근한데
놓치면
외롭고
쓸쓸하네

달빛 아래서

누구도 모르는
외로움에
떨 때면
달빛 아래 서서
지난날들의
그 추억을
생각한다.

철들면서
삼십여 년의
기나긴 날들을
무엇을 하면서
무엇을 남겼는지를
더듬어 본다.

그리고
가슴속에 남겨 둔
백지에
파아란 물감으로
미래를 그린다.

화려한 외출

오로지
단 한 번의 화려한
외출을 위하여
기나긴 세월을
참고 기다렸다가

살며시
얼굴 내밀어
세상 구경을 한다.

그러다가
거미줄에 걸려
비바람 속에
발버둥치다가
죽어간다.

아무런 후회도 원망도
없이
찾아올 그날을
맞아들인다.

축 배

축배를 들자
축배를 들어
우리의 만남을
축하하는
축배를 들어

고요하고 깊은 밤
오색 촛불을 밝히고
아무도 모르는
이 자리에서
둘만이 주고받는
축배의 잔을 들자

빠알간 포도주에
입술을 담그고
타오르는 촛불을
받으며 즐겨 보자

그리고
글라스에 담겨진
뜨거운 청춘을 마시자

이 촛불이
다 탈 때까지
사랑의 꽃을 피우는
축배를 들자꾸나.

옛날이 생각나면

옛날이 생각나면
모든 것을 잃어버리고
혼자 떠난다.
완행열차에
몸 하나만을 싣고

낯설은
얼굴들 틈에 끼여
말없이
차창 밖에
지나쳐 가는 풍경을
바라다보며
이 길을 간다.

그러다 두 눈 지그시 감고
떠올려 본다.
떠나 버린
동행자를

흰눈이 내리는 날엔

이렇게
흰눈이 내리는 날엔
옛 추억이
생각난다.

앙상한
나뭇가지 밑을
고독을 달래 주던
그때 그 사람
생각난다.

아무도
따라와 주는
이 없는
이 길 위에
혹시나
찾아와 줄 그 사람에게
외로운 발자국만
남기고
쓸쓸하게 걷는다.

바보 같은 질문

바보 같은 사람이
바보 같은
질문을 한다.
무엇하려고
태어나고
어찌하여 사느냐고

그러면 바보 같은 사람이
바보 같은 대답을 한다.
태어난 것도
산다는 것도
내 뜻이 아니라고

다만
불같이
뜨겁게 타다가
바람에 구름 가듯
살다가 간다고

산사의 계곡

늦가을 바람이 소슬하게 불면
산사의 계곡은 쓸쓸하기만 하다
떨어진 낙엽은 바람따라
뒹굴고 쌓이고
한여름 시원하게 흐르던
계곡 물이 싸늘하기만 한데
메아리 잃은 범종 소리는
나그네 발걸음을 재촉하는구나
그리고 저녁 예불에
목탁 소리는
답답하게 눈 감아 버린 이의
가슴을 열어 주는 듯하구나

허무한 인생

수천 수백 년 살 줄 알고
알뜰살뜰 살아오다
어느 날 죽을 병이 들어
자식들이 잡는 손을 뿌리치고
통곡과 오열 소리를 뒤로 하고
껄끄러운 삼베옷 한 벌에
두리뭉실 싸여
하얀 버스 타고 기름 냄새 풍기며
산에도 못 가고 화장장에 도착하여
스님의 왕생극락 독경 소리가 들리는지
신자들의 찬송가 소리가 들리는지
불판 위에 올려
가마 속으로 밀어넣어
두 시간 지나면 한 줌의
회백색 분골만 남아
산천에 뿌려지어
까막까치 그리고 물고기
밥이 되어
인간사 허무함만 남는구나

나를 기다려 주는 고향을 만나고
조상님을 만나고 전통을 만나고
부모 형제 만나고 친구를 만나러
나는 돌아가련다.

4

귀향

떠나가신 우리 어머니

나를 낳아 길러 주신 어머니
자식 위해 잡수실 것 못 잡수시고
허리띠 졸라매면서
모든 정성 다하여
봉사하신 어머니
자식이 뭐길래
이 자식 위해
모든 욕심 버리신 어머니
추울 때는 따뜻한 아랫목에
햇솜 이불에 감싸 잠재우시고
더울 때는 시원한 창가에 손부채로
모기 파리 쫓아 주시며
자장가 불러 주신 어머니
어느새 세상을 떠나셨으니
어머니 어머니
우리 어머니 부를 뿐이다.

계곡을 찾는다

속세의 묻은 때를 씻어내려고
봄
여름
가을
겨울
물소리 새소리 바람소리에 싸인
계곡을 찾는다
그리고
타는 마음의 불을 꺼 보고
듣기 싫은
그 소리들을
물소리 새소리에 실려 보낸다.
그리고 나서
하늘을 우러러본다
내가 서 있는
땅을 본다
하늘 땅 사이에 서 있는
나를 확인한다
나의 존재를

귀 향

이제 나는
돌아가련다
나는 이제
돌아가련다
마음은 어제 가고
몸은 지금 가고 있다.

나를 기다려 주는
고향을 만나고
조상님도 만나고
전통을 만나고
부모 형제 만나고
친구를 만나러
나는 돌아가련다

물길을 건너고 건너
산길을 넘고 넘어
단숨에 가련다
나를 기다려 주는 곳으로

노적사

명산 중의 명산 북한산에
노적봉은
길고도 긴긴 역사를
간직하고 있는데
부처님의 뜻에 따라
세워진 도량이
자리잡았으니
여기가 진리의 광명이
가득한 노적사로구나

인적이 드물고
바람소리 물소리가 들리는
심심 산골
구불구불 비탈진 길을 오르노라면
구름도 쉬어 가는 노적봉 아래
여기가 노적사로구나

구름을 휘감은 노적봉
그 아래 아담하게
자리잡은 곳
고요만이 깃든 산사에

울리는 스님의 독경 소리
부처님의 설법이
온 누리에 울려퍼지니
미련하고 부족한
사대부중들은
구름같이 모여드는데
여기가 삼보의 도량
노적사로구나

떠나는 살붙이

내 살붙이는 많았다
그러나
없으니
외롭다.
언제부터인지
내 살붙이가 하나하나
떨어져 간다.
다른 살붙이를 찾아 떠난다.
잡으려 해도
잡히지 않고
떠난다.
잠깐도 아닌
아주 먼 곳으로
영원히 떠난다.

아버지는 어머니는

아버지는
외로운 영웅이다.
아버지는
고달픈 인생의 길잡이다.
아버지는
언제나 무거운 짐을 지고 간다.
등골이 휘어지는
끝없는 험난한 길을 간다.

어머니는
슬픔의 길에 이정표이고
어머니는
기름틀 속에서
아픔과 고통을 참고
새로움을 창조한다.
어머니는
끝없는 봉사자로
베풀기만 하다가
먼길을
한숨 지으며
가기만 한다.

기도하는 모정

어머니는
기도한다.
모두가 잠든
고요 속에
정한수 한 그릇을
소반에
받쳐 놓고
가물거리는
촛불을 밝혀 놓은 앞에서
기도한다.
어떤 사연이 있는지
무슨 바램인지
그 누구도 모르는데도
떠날 줄 모르고
기도를 한다.
두 무릎이
터지는 줄도 모르고
기도를 한다.
나는 이런 대로 살면 어떻고
저런 대로 살면 어떤가
오로지 자식들을 위하여

두 손 모아 빌고 빈다.
밤이 가는 줄 모르고
천지신명께
숨소리마저 죽이며
기도한다.

삼등 인생

더위 속
이글거리는 아스팔트 길 위
삼등 인생이
입석 버스에
떠밀려 오르면
한증막인지
목욕탕 안 열탕인지
분간 못하는데
남녀 노소가
따로 없이
뒤섞여
짜증을 보이며
막히는 듯한
숨을 몰아쉬고
육수를 쏟아낸다.

그러다가
이름 모를 향수에
취하다
중독이 되었는지

모두 다
축 늘어져
비몽사몽에
휘청거리며
빠져 나가
사라진다.
삼등 인생들이

바 람

애들아,
나약하지 말고
굳세게 자라다오
풀뿌리가 되지 말고
소나무 뿌리가 되어라.
그래서 굳은 바위도 뚫고
깊고 깊은 곳까지 파고드는
뿌리가 되거라.
그리고
눈 비 바람에도
쓰러지지 말고
굳굳하게 서서
저 높은 하늘을
향하여
푸르름을 토해내는
뿌리 깊은 나무가 되거라.

어쩌란 말이냐

구름도 가자 하고
파도도 가자 하는데
어쩌란 말인가.
나는 여기 남아
갈 수가 없구나

구름아 어쩌란 말이냐
파도야 어쩌란 말이냐
바람도 가자고 하나
나는 어쩔 수 없이
여기 멈춰
멀리멀리
가는 너를
바라만 본다.

너 는

너는
선배와 같았고
너는
누나와 같았으며
너는 엄마와 같이
항상
외로운 가슴을
어루만져 주는
천사와 같은
나의
연인이었는데
어쩌다
너 떠나고 난 뒤엔
이렇게
허전한 외로움만
흐르는구나

흐르는 세월

흐르는 물은
칼로 베어도
쉼없이 흐르고

흐르는 세월은
막으려 해도
멈추지 않고 흐르는데

몸과 마음은
바쁘기만 하네

왔던 길이 어데이고
가야 할 길이 어데인지
알 수가 없이
멀기만 한데

흐르는 세월은
물따라 가는 듯
하는데
잡지도 못하고
놓지도 못하니
모두가
조급하기만 하구나

향수鄕愁

내가 자란 저곳을
바라다보면
지난 일들이
눈을 감으나 뜨나
떠오른다.

잃어버리려고 해도
자꾸 떠오르는 저곳
그리워져서 나도 모르게
향수에 젖어
꿀종지 같은 눈에
회한의 눈물이 고인다.

철마다
새록새록 변하는
산과 들에
파묻혀서
그저 좋아라 하고
나비들과 춤을 추고
풀 내음 맡으며
새들과 노래하면서

토끼들과 눈 덮인 산골짜기에서
숨바꼭질을 하던 시절을
그리워하다
그리워하다
향수에 젖어
눈물 짓는다.

겨울 산사

깊고 깊은
산사의 계곡을
수도승이 외롭게 걷는다.
괴로웠던 시절과
어두웠던 것들이
모두 묻혀 버린
하얀 눈 위를 걷는다.

길이 어데인지 모르는
순 눈 위를 헤치며
터벅터벅 걷는다.
죽음과 같은 여행의 길을
찾아 걷는다.
아무도 없이
병노 생사의 해탈을
찾아 걷는다.

스스로 택한 길이기에
뒤돌아보지 않고
후회없이 걷는다.
깨달음이

아는 것이
깨달음이기에
산사의 계곡을
허덕지덕 걷는다.

건널 수 없는 강

언제나 쉼없이
흐르는 저 강
오늘도
덧없이 흐른다.
조각배도
돛단배도 없이
싸늘한 강물 위를
새들만이
평화롭게
오고가는데
한 발이면
건너뛸 수 있는
저 강을
그 무엇이 가로막았는지
한많은 오십 년을
강물 속에 묻고
건너지 못하는 저 강을
안타깝게
바라만 보고
한숨만 짓는다.
그리고

강변에 주저앉아
떠날 줄 모르고
흐느끼다가
지쳐 버려 잠이 들었나 보다
생시에 건너지 못하는
저 강을
꿈속에서라도
건너가 보려고

흔들리는 영혼

흔들이 흔들린다.
사연 많은 영혼들이
흔들거린다.
수많은 영혼들이
어쩌다가
쉴 곳을 못 찾고 흔들거리며
헤맨다.

언제 춤을 추어 볼는지
알지도 못하는
그날을 기다리면서
지금도
허공에서
아무 말 못하고
헤맨다.
신명나게
두리둥실
춤을 춰 볼
그날을 기다리면서
헤맨다.

첫 눈

언제나 첫눈이 내리는 날엔
가버린 추억이 생각난다.
고독하고
외로울 때는
풍요로움이
마음 가득하게
채워 주고
하얀 눈길 위에
점점을 남기고
정처없이 걸었다.
누가 뭐라고 하든
걷는다.
보기 싫은 것
보기 좋은 것
모두 덮어 버린
은백색 위를
이렇게 걷는다.
후회도 미련도
눈 속에 묻고 걷는다.

껍데기를 벗자

고통이 있다 해도
아픔이 있다 해도
껍데기를 훌훌 벗자
허무와 허상의 껍데기를 벗자
그리고 진실의 옷을
속속들이 갈아입자
나일론도 아니고
레이온이 아닌
면綿과
마麻로 만든
옷을 입고
진실을 보여주자꾸나.

무슨 삶이 이런가

굴뚝이 없는 삶이다.
배출을 못하는 삶이 있을 뿐이다.
죽자고 살자고
먹고 마시는 것을
어데로 내보내야 하나
살가죽이 늘어나 터질 때까지
누루퉁퉁 부풀어 오른다.

그러나
일백오밀리 폭탄같이
꽝, 꽝
터져 버리고 나면
앙상한
겨울 나무같이
덜덜 떨다가
쓰러져
산산조각이 되어
후한의 길
허공으로 흩어져 버린다.

공허空虛

눈에 뵈는 것은
모두
허虛이고
공空이다
멀거나
가깝거나
공空허虛일 뿐이다.
눈 감으면
잡히던 것들은
눈 뜨면
사라져 버리고
마음속에
아쉬움만 남는다.

밤을 낮으로 삼으며
찬 이슬 내리는 줄 모르고
새벽 닭 울음 소리에
날 바뀐 줄 알고
살아왔는데
남은 것은
공空이고
허虛일 뿐이네

오십대의 행로

때늦은 후회는
돌이킬 수 없는 것
절망의 늪에서
일평생을 허덕이고 있을 뿐이다.
후회한들 무엇하랴마는
삶의 무거운 짐을 잔뜩 걸머지고
나뭇가지에 매달려 버티다가
와지끈 꺾이고 나면
모두 다
산산이 부서져 버리는구나.

왜 좀더 일찍 몰랐을까
오늘의 이 현실이 온다는 것을
빠져 나가려 해도
빠져 나갈 수 없구나.
깊고 깊은 고독과 절망으로
빠져들어
갈수록 힘에 부치는 삶이구나.
천만근 무거운 이 짐을 벗을 날이
온다면
그날은 아무리 기다려도

끝이 있을까
끝이 없을까
가까운 곳일까
저 멀고 먼 곳일까

인고의 고통과 고난을 이렇게
등에 걸머지고 머리에 이고
지팡이에 몸을 맡기고서
가는 날까지
가는 곳까지
가보자 하려니
어찌
이렇게 무서울까

눈에 뵈는 것은
모두가
허구와 위선 덩어리뿐이구나
그 육신은 신선미가 없고
부패된 창고 같기만 하더니
이렇게
모두 쏟아 내놓아

숨을 막히게 하니
숨쉬고 발붙일 곳이
어데인지 찾을 길 없고
때늦은 후회만이 남았구나.

모를 거다

모를 거다 몰라
너는
모를 거다.

살아 보지 않고
그 길을 가보지 않으면
누구도 모를 거다.
하얀 백로가
까아만 까마귀
삶을
어찌 알겠느냐.

모른다
몰라
너는 모른다.
내 깊은 생각을
어찌 알겠는가?

내가 어데를 가도
가버린 뒤
내가 있던

이 자리에
서서 살아 보면
너는 나의 모든 것을 알게 될 것이니

어찌 천둥 벼락 속에
쫓기듯이
깊은 늪으로 빠져들면서
지금
어쩌란 말이냐
어쩌란 말이냐.

가자 희망봉

닻을 올려라
닻을 올려

밀려오는 검푸른 파도를
헤치고 가르며
앞으로 앞으로 나가자.

만선이 여기다
부러울 것 뭐 있으랴
노를 저어라
노를 저어

가자 가자 어서 가자
세찬 파도가 무서우랴

희망봉이 보이는 저곳이
나를 기다리는 곳이다.

노을 속에 사라지면

누가 말했던가
인생은 나그네 길이라고

어데서 와서
어데로 가는 것일까
어데서 오긴 왔는데

언제 어느 때
어데로 간다는 것을
그 누구도 모른다.

그런데 괴로움과 외로움 속에서
지칠 줄 모르고
주야로 싸운다.

전생에 무슨 악업이 있었기에
너는 죽고
나만 살자고
물고 뜯고 하는지

잠시 쉬었다 가는 인생인데

그런 대로 저런 대로 살다가

저물어 가는
석양 노을 속에
사라지면 될 것을

아는지 모르는지

나만의 삶을
누가
그 누가 알리요
그렇다
너와 나
나와 너만이
말 못하는 심사를

삶의 고통
삶의 영화
삶의 자유
삶의 평화를

그리고 삶의 진실을
그 누구도 모를 것
너는 너만이
나는 나만이
알겠지!

시인詩人의 방

시인의 방은
볼 것도 들을 것도 없고
자랑할 것도 없다.
구겨진 원고지에
쓰다 버린 수성펜이
이리저리 흩어지고 뒹굴며
빛 바랜 고서적이 전부이다.

시인의 방은
고독에 싸여
외로움과 싸운다.
그리고
고물이 다 된
자명종 소리를
벗삼아
스텐드 육십촉의 불빛 아래
쭈그리고 앉아
원고지를
메꾸어 간다.

시인의 방은

홀아비 방인지
향기는 없고
담뱃진 냄새만 난다.
그러면서
들리는 것은
플라스틱
소리통에서
음악의 선율만이
원고지에 조용하게
흐른다.

시인의 연보

　정시인은 일제 말기인 1941년 음력 5월 30일에 경기도 고양군 중면 마두리에서 초계정씨草溪鄭氏 문중의 아버님 정학동鄭學童님(1983년 작고)과 어머님 조연님趙連任님(1984년 작고) 사이에서 3남 1녀 중 2남으로 출생하였다. 정발산 자락의 평화롭고 아름다운 농촌 지역에서 17대를 이어오면서 오로지 농사를 천직으로 알고 땅을 일구어 배고프지 않고 사는 것만으로도 행복이라 여기며 살아왔다.

　백마초등학교를 졸업하였고 서울 수송중학교를 새벽 찬 바람을 가르며 십리길을 뛰어서 일산역에서 기차를 타고 다녔다. 그때 비가 오는 날이면 광화문 네거리를 마대를 쓰고 검정 고무신을 신고 뛰어다녔다. 그리고 점심 밥은 아침 9시면 다 먹어치우고 정작 점심 시간에는 물로 배를 채우기 일쑤였다. 그래서 체육 시간이라도 들었으면 뛸 때마다 뱃속에서 흔들리는 물 때문에 무척 괴로웠다고 한다.

　정시인은 또한 4·19의 격동기에는 민주화의 깃발을 들고 외치다 모진 고문도 받아 보았다. 그 과정에서 2년간 농사일도 배웠고, 왕복 80리 길에 땔나무도 구해 봤다. 그러던 중 균명고등학교에 편입학하여 졸업을 한 뒤 건국대학교에 입학한 후 4년간 농촌청소년 계몽운동(4-H)에도 힘을 쏟았다. 그러던 중 가난과 무지로부터 벗어나는 길은 배움의 길뿐이라는 것을 절실히 느꼈다. 그러나 배울 수 있는 형편이 못 되는 이들을 위해 그 배움에 대한 갈망을 해결하는 길에 몰두하던 중에 군에 입대하여 만기 전역을 한 후 1966년 일산재건학교에 자원봉사를 하기 시작하였다. 여기서 배우려는 청소년들에게 내일이 있다는 것을 알리고 보람된 삶을 사는 길을 알려주는 일에 매달리게 되었다.

그러던 중 1968년 12월 23일 상록수의 주인공 박동혁과 같은 사람을 동경하던 자원봉사 동료인 김연숙 선생과 결혼을 하였다. 슬하에 2남 1녀를 낳아, 부족함이 많았지만 건강하고 명랑하고 바르게 기르고 가르쳐 딸 혜영은 1993년 고성 이씨 문중의 귀진에게 출가하여 아들(이선빈)을 두고 교육계에 종사하고 있다. 그리고 장남 재형은 건국대 행정대학원을 졸업하고 지방공무원으로 주민의 봉사자로 임하고 1997년 남평 문씨의 손 경난 양과 혼인하여 아들 은택과 딸 소정을 두었다. 또 차남 재도는 목원대학교 사범대 수학교육과를 졸업 후 아버지의 뒤를 이어서 봉직하고 있으니 2대가 봉사를 한다고 할 수 있다.

정시인은 평소 사회봉사도 게을리하지 않고 각종 사회단체의 장과 임원을 역임하면서, 1991년에 풀뿌리 민주주의라는 지방의회 초대 고양시의원으로 당선되었다. 이어서 초대 시의회 2~3기 의장으로 고양시의 변화를 가져오는 데 일조를 했다. 그러면서 사회활동에도 참여하여 청소년 선도 지도위원, 법무부 갱생 보호위원, 경기도 민방위 강사(19년간), 고양시 사회정화추진협의회장, 평화통일정책자문위원(1, 2, 3, 5, 6기), 반공연맹운영위원, 고양군 홍보위원, 대한노인회 지도교수 및 자문위원, 경기도민회 실행위원, 통일부 통일교육 전문위원 등 오로지 육십 평생을 지역에 몸을 아끼지 않고 봉사하였다. 그러면서 못다 배운 학문에도 게을리하지 않고 50대에 연합신학대 대학원과 중앙대 대학원 그리고 사회교육원 등을 수료하였다.

한편 젊은 시절부터 써놓은 시와 수필을 발표하면서 《한글문학》에 시와 수필로 등단하여 첫번째 시집 《물안개》(미래문화사)에 이어 《한줌의 재가 되어》(한글사), 《자네 몇 살인가》(미래문화사)를 출간하여 교육·행정·문학 등 다방면에서 활동하였다. 이는 끊임없는 배움의 길과 사회봉사의 정신을 보여준다 할 수 있다.

그 동안 학교도 교명이 여러 번 바뀌었다. 1973년 일산재건중·고와 고양중학원이 합병되어 고향재건중·고교로, 1975년엔 고양새마을 중·고등학교와 1984년엔 고양실업학교, 그리고 1996년엔 고양실업고등학교로 변경되어 검정고시 없이 대학에 진학할 수 있게 발전하여 명실공히 학교의 면모를 갖추었다.

지금도 학교 발전을 위하여 회갑이 된 나이에도 동분서주하고 있다. 꿈이 있다면 이 사회 각처에서 적응 못하고 있는 청소년들에게 더 넓고 더 큰 안식처를 만들어 주는 것이라 한다.

신사년 오월
미래문화사 대표·수필가
임종대 書

건널 수 없는 강

지은 이 · 정종득
펴낸 이 · 임종대
펴낸 곳 · 미래문화사

찍은 날 · 2001년 6월 25일
펴낸 날 · 2001년 6월 30일

등록 번호 · 제3-44호
등록 일자 · 1976년 10월 19일
주소 · 서울시 용산구 효창동 5-421
전화 · 715-4507/713-6647
팩시밀리 · 713-4805

ⓒ2001, 미래문화사
ISBN 89-7299-216-X 03810
E-mail · miraebooks@com.ne.kr
mirae715@hanmail.net

정가 · 5,000원

*잘못 만들어진 책은 바꾸어 드립니다.
*저자와의 협의하에 인지는 생략합니다.